Großmutters Wild- und Geflügelküche

Gondrom

Printed in Italy
ISBN 3-8112-1560-4

Inhalt

Gamsbraten auf süddeutsche Art

Schlegel, Rücken oder Bug von einer jungen Gams (Gemse), 100 g Speck, Salz und Pfeffer, 150 g Butter, etwas Fleischbrühe

Für die Beize: zu gleichen Teilen Essig und Wasser, 1 Zwiebel, 2 gelbe Rüben, 1 Stück Sellerie, Petersilienwurzel, ein paar Zitronenscheiben, 2 Lorbeerblätter, Pfefferkörner, Salz

1

In die aus den angegebenen Zutaten bereitete Beize – sie muß nicht gekocht werden – legt man das Gamsfleisch für 2 bis 3 Tage.

2

Danach wird es trockengetupft, gespickt oder mit Speckscheiben belegt, mit Salz und Pfeffer bestreut und in der heißen Butter angebraten.

3

Etwas von der durchgeseihten Beize wird aufgegossen, das Beizgemüse dazugegeben und unter häufigem Beschöpfen weich gebraten.

4

Die Soße wird passiert und nach Belieben mit etwas Mehl angedickt.

Gamspfeffer

1000 g Gamsfleisch, 1 l Rotwein, Nelken, Zwiebeln, 1 Lorbeerblatt, 200 g geräucherter Speck, etwas Mehl, 1/8 l saure Sahne, Salz, Pfeffer, Nelkenpulver

1

Das Gamsfleisch kommt für eine Woche in Rotwein. Dazu legt man eine mit Nelken gespickte Zwiebel und ein Lorbeerblatt.

2

Dann wird das Fleisch abgetrocknet, mit dem geräucherten Speck scharf angebraten, mit der Beize aufgegossen und im geschlossenen Topf gegart. Von Zeit zu Zeit Beize oder nach Belieben Wein nachgießen.

3

Wenn das Fleisch weich ist, bereitet man etwas braune Mehlschwitze und gibt diese an die Soße und läßt alles gut durchkochen.

4

Dann nimmt man den Topf vom Feuer, rührt die saure Sahne ein und schmeckt mit Salz, Pfeffer und Nelkenpulver ab.

Großmutters Küchentip: Wild und Geflügel wird mürbe, wenn man es vier bis fünf Tage im sehr kalten Keller oder im Kühlraum abhängen läßt; das Fleisch darf nie unmittelbar mit dem Eis in Berührung kommen, sondern soll entweder im Balg auf das Eis gesetzt oder das Eis mit einem Tuch bedeckt werden.

Kitzbraten

1 Kitz von ca. 6000 g, Salz, Pfeffer, 2 Teelöffel getrocknete Kräuter (Thymian, Zitronenmelisse, Rosmarin, Majoran), 2 Zwiebeln, 80 g Butter oder Margarine, Knoblauch nach Geschmack, Zitronensaft, 1/8 l saure Sahne, 1/2 Glas Weißwein, 1 Prise Zucker

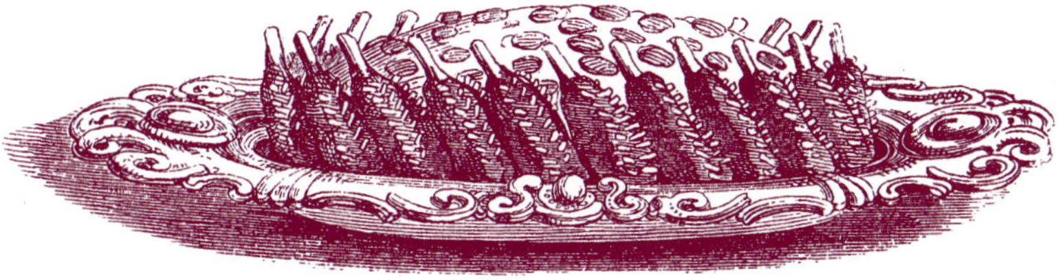

1

Das gehäutete Kitz wird mit dem Gemisch aus Salz, Pfeffer und Kräutern eingerieben, in heißer Butter oder Margarine angebraten und mit den gehackten Zwiebeln und ausgepreßtem Knoblauch, mit ¼ l kochendem Wasser begossen, ins Rohr geschoben.

2

Bei mittlerer Hitze wird das Kitz in ca. 100 bis 110 Minuten gebraten. Immer wieder beschöpfen und nach und nach noch ca. ¼ l heißes Wasser angießen.

3

Kurz vor Ende der Garzeit gibt man ein wenig Zitronensaft dazu.

4

Das Kitz wird herausgenommen, tranchiert und warm gestellt.

5

Den Bratfond kocht man los, rührt die saure Sahne hinein und schmeckt mit Salz, Pfeffer, einer Prise Zucker und Weißwein ab.

Dieses Rezept ist für 6 bis 8 Personen berechnet.

Hirschbraten auf süddeutsche Art

1500–2000 g Bug oder Schlegel, gut abgehangen, 100–150 g Speck, Senf, Salz, Pfeffer, 100 g Butter oder Margarine, 1 Zwiebel, 1 gelbe Rübe, ¼ l saure Sahne, etwas Fleischbrühe

1

Das Fleisch wird gehäutet, gespickt und mit Senf bestrichen. An kühlem Ort lagert man es so 2 Tage.

2

In heißer Butter oder Margarine dünstet man die in Scheiben geschnittene Zwiebel und die gewürfelte, gelbe Rübe an, bestreut das Fleisch mit Salz und Pfeffer und brät es von beiden Seiten an.

3

Während des Bratens – es dauert je nach Alter des Tieres zwischen 2 und 2 ½ Stunden – ist das Fleisch öfter zu begießen.

4

Kurze Zeit vor dem Garwerden gießt man die Sahne über das Fleisch, läßt etwas bräunen, nimmt den Braten heraus, schmeckt die Soße ab und passiert sie durch.

5

Nach Belieben kann die Soße mit einem Schuß Wein verfeinert werden.

Geschnetzelte Hirschleber

500 g Hirschleber, ¼ l Milch, 150 g Speck, 1 Zwiebel, Salz, Pfeffer, Paprika, 1 Glas Weinbrand

1

Für ein paar Stunden legt man die frische Hirschleber in Milch, häutet sie dann und schneidet sie in Streifen.

2

Den gewürfelten Speck brät man glasig, gibt zuerst die gewürfelte Zwiebel und dann die Leberstreifen hinein und läßt zugedeckt weich dünsten.

3

Abschmecken und mit Weinbrand verfeinern.

Hirschrouladen

4 Hirschrouladen, 150 g mageres Rindfleisch, 50 g Speck, 2 Eigelb, 2 Eßlöffel gewiegte Kräuter, Salz, Pfeffer, gestoßener Kümmel, Fleischbrühe

1

Die Rouladen, aus der Keule geschnitten, werden leicht geklopft und gesalzen.

2

Belegt werden die Rouladen mit einer Mischung aus durch den Fleischwolf gedrehtem, mageren Rindfleisch, gewürfeltem Speck, Eigelb, beliebigen Kräutern, Salz, Pfeffer und etwas gestoßenem Kümmel.

3

Die aufgerollten, mit einem Spießchen zusammengesteckten Rouladen werden in einer Bratpfanne von allen Seiten kräftig angebraten, mit Fleischbrühe aufgegossen und darin gegart.

Großmutters Küchentip: Etwas Senf verfeinert die Soße und die Rouladen.

Hirschschlegel auf süddeutsche Art

1000 g Hirschschlegel, einige Wacholderbeeren, 150 g Speck, 150 g Butter, ¼ l saure Sahne, 50 g Mehl, Rotwein

Für die Beize: 2 Teile Rotwein, 1 Teil Wasser, 1 Teil Essig, 1 Zwiebel in Scheiben, 1 gelbe Rübe, 1 Petersilienwurzel, 1 Stück Sellerie, alles in Scheiben, etwas abgeriebene Zitronenschale, ein paar Pfeffer- und Pimentkörner, 2 Lorbeerblätter, Salz, Ingwer, einige Wacholderbeeren

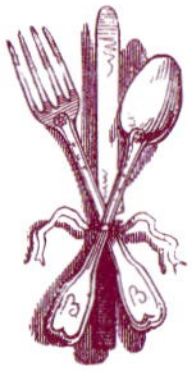

1

Wacholderbeeren werden zerdrückt und der Schlegel damit und mit etwas Salz eingerieben. Man läßt das Fleisch 24 Stunden zugedeckt so stehen.

2

Dann entfernt man die Wacholderbeeren und legt den Schlegel in die abgekochte, abgekühlte Rotweinbeize.

3

Dann wird das Fleisch enthäutet, gespickt oder mit Speckscheiben belegt und in der zerlassenen Butter angebraten.

4

Das Gemüse aus der Beize gibt man dazu und brät das Fleisch unter häufigem Begießen nicht ganz weich, nimmt es heraus und stellt es warm.

5

Man verrührt das Mehl mit der sauren Sahne und dickt damit die Soße an.

6

Nach dem Aufkochen legt man den Braten wieder hinein und läßt ihn fertig garen.

7

Zum Schluß schmeckt man ab und gießt einen kräftigen Schuß Rotwein an die Soße.

Hirschschnitzel

4 Hirschschnitzel, Salz, Pfeffer, 50 g Speck,
etwas Öl, etwas Mehl, 60 g Butter

1

Man klopft die Schnitzel leicht, bestreicht sie mit Öl, legt sie übereinander und läßt sie so ein paar Stunden bedeckt stehen.

2

Dann werden die Schnitzel gespickt oder mit Speckscheiben belegt, gesalzen, gepfeffert und auf einer Seite mit Mehl bestäubt.

3

Die bemehlte Seite brät man zuerst in der heißen Butter an, dreht die Schnitzel dann um und läßt sie im eigenen Saft gar dünsten. Das dauert ca. 20 Minuten.

Hirschsteaks

4 dicke Steaks, Wacholderbeeren, etwas Öl, Speck in Scheiben,
Salz und Pfeffer, Butter oder Margarine

1

Die Hirschsteaks werden mit der flachen Hand leicht gedrückt, mit zerdrückten Wacholderbeeren eingerieben, geölt und mit Speckscheiben umwickelt.

2

Damit die Steaks hoch bleiben, schnürt man in der Mitte einen gebrühten Zwirnsfaden herum.

3

In heißer Butter oder Margarine werden die Steaks auf jeder Seite 3 bis 4 Minuten gebraten. Herausnehmen, salzen und pfeffern und 10 Minuten warm stellen.

4

Nach Belieben den Bratensatz mit Rotwein oder Wacholderschnaps loskochen.

Rehfilets

8 Rehfilets, Salz, Pfeffer, 8 Scheiben Speck, 100 g Butter

1

Die Rehfilets werden gehäutet und mit etwas Pfeffer bestreut.

2

In der heißen Butter brät man die Speckscheiben goldgelb, nimmt sie heraus und stellt sie warm.

3

Die Rehfilets werden nun in dem heißen Fett kurz von beiden Seiten gebraten, mit Salz bestreut und mit den knusprigen Speckscheiben belegt serviert.

Rehkeule

1000 g Rehkeule, Paprika, Thymian, Rosmarin, Salz, Speckscheiben, Rotwein, 2 Birnen, Preiselbeeren

1

Die Rehkeule wird mit Paprika, Thymian, Rosmarin und Salz eingerieben.

2

Man belegt das Fleisch mit Speckscheiben und gart es bei mittlerer Hitze im Rohr unter Begießen mit Rotwein.

3

30 Minuten vor Ende der Garzeit gibt man die halbierten, vom Kernhaus befreiten Birnen dazu, die am Schluß mit Preiselbeeren gefüllt werden.

Rehrücken auf altdeutsche Art

1500 g Rehrücken, 200 g Speck, Salz, Pfeffer, 80 g Butter, ¼ l saure Sahne

Für die Beize: 3 Tassen Essig, 5 Tassen Rotwein, ¾ l Wasser, Salz, 2 gelbe Rüben, 1 Sellerie, 1 Petersilienwurzel, 2 Zwiebeln, einige Gewürzkörner, ein paar Wacholderbeeren, 1 Lorbeerblatt, einige Pfefferkörner, Thymian und Majoran

1

Das Gemüse wird in Würfel geschnitten und zusammen mit den Gewürzen in ¾ l leicht gesalzenem Wasser in etwa 20 Minuten weich gekocht.

2

Dann gießt man Essig und Rotwein dazu, läßt alles noch einmal aufkochen und nimmt die Beize zum Abkühlen vom Feuer.

3

Die abgekühlte Beize wird nun über den gewaschenen, gehäuteten Rehrücken gegossen, den man so 2 Tage stehen läßt.

4

Dann wird der Rücken herausgenommen, trockengetupft und mit dem in Streifen geschnittenen Speck quer zur Fleischfaser gespickt. Mit Salz und Pfeffer einreiben.

5

In der heißen Butter wird nun der Rücken angebraten, das Gemüse aus der Beize kommt mit dazu und im heißen Rohr wird der Rehrücken bei mittlerer Hitze in ca. 55 bis 65 Minuten gebraten.

6

Während des Bratens muß er öfter beschöpft werden.

7

Wenn der Rehrücken fertig ist, löst man das Fleisch von den Knochen, schneidet es längs in schräge Stücke und richtet es auf den Knochen wieder schön an.

8

Den Bratfond löscht man mit ganz wenig Wasser ab, gießt ihn durch ein Sieb, rührt die Sahne ein und schmeckt ab.

Dieses Rezept ist für 5 bis 6 Personen berechnet.

Rehschnitzel in Rahmsoße

4 Rehschnitzel, 50 g Speck, Salz, Pfeffer, etwas Mehl, 60 g Butter, 1 Eßlöffel Johannisbeergelee, 100 g saure Sahne

1

Die Schnitzel werden mit dem in Streifen geschnittenen Speck gespickt, mit Salz und Pfeffer bestreut und in Mehl gewendet.

2

In der heißen Butter brät man sie auf jeder Seite 4 bis 5 Minuten, nimmt sie heraus und stellt sie warm.

3

Den Bratfond kocht man mit wenig Wasser los, rührt das Johannisbeergelee hinein und gießt die Sahne dazu. Heiß werden lassen, nicht mehr kochen.

4

Soße über die Schnitzel gießen und zu körnig gekochtem Reis und gedünsteten Pfifferlingen servieren.

Großmutters Küchentip: *Wildbret bewahrt man folgendermaßen auf: So bald als möglich ausnehmen und an kühlem, zugigem Ort frei aufhängen; jeden Tag muß nachgesehen werden, ob nicht Fliegen daran gekommen sind. Hirsch- und Rehfleischstücke werden auch in Sauermilch gelegt, welche alle zwei bis drei Tage erneuert werden muß.*

Hase im Pfeffer

1 abgehäuteter Hase, Salz, Pfeffer, Mehl, 125 g durchwachsener Speck, Zwiebel, Zitronenschale, 1/3 l Wein, Essig, getrocknete Pilze

Das ist eine Anfang des achtzehnten Jahrhunderts entstandene Redensart. Es soll damals Gastwirte gegeben haben, die auch mit ihrem bereits verdorbenen Wildbret ihren Gästen noch eine Freude machen wollten. Um den möglicherweise etwas üblen Geruch oder Geschmack zu verdecken, pflegten sie deshalb derartige Wildgerichte stark zu pfeffern. Der einwandfreie Pfefferhase ist dagegen eine sehr wohlschmeckende Wildspezialität.

1

Das Wildbret wird gut abgehäutet, ausgelöst – auch die Seiten – und in nicht zu kleine Stücke geschnitten.

2

Die Stückchen werden gesalzen, gepfeffert und ordentlich in Mehl gewälzt.

3

In der Bratpfanne wird gewürfelter Speck, geschnittene Zwiebel und etwas Zitronenschale mit dem Hasen so lange geröstet, bis das Fleisch lichtbraun wird.

4

Ist es soweit, wird es mit einem Drittelliter Wein übergossen, etwas Essig und ein paar Blätter getrockneter Pilze werden beigefügt. Der Hase hat zu dünsten, bis er mürbe ist.

5

Die Soße wird passiert, mit Pfeffer abgeschmeckt und vor dem Servieren über das Fleisch gegossen.

Hasenbraten

1 Hase, Speckscheiben, Wasser oder Brühe, ½ l saure Sahne, Mehl, Salz

1

Den vorbereiteten Hasen reibt man mit Salz ein und bestreicht ihn mit Butter. Um Keulen und Läufe wickelt man Speckscheiben.

2

Der Hase wird in die Bratenpfanne gelegt und etwa 15 Minuten im Rohr gebraten. Dann wird der Hasenrücken dazugetan.

3

Wenn das Fleisch gar ist, wird der Bratensatz mit Wasser oder Brühe losgekocht, mit in etwas saurer Sahne angerührtem Mehl gebunden, aufgekocht und abgeschmeckt.

4

Zum Schluß rührt man noch knapp 1/8 l saure Sahne unter.

Panierte Hasenleber

1 Hasenleber, Salz, Pfeffer, etwas Mehl, 1 Ei, Semmelbrösel, Butter oder Margarine

1

Eine frische Hasenleber wird gehäutet und in Scheiben geschnitten.

2

Man wendet die Leberscheiben zuerst in Mehl, dann in verquirltem Ei, dem man Salz und Pfeffer beigefügt hat, und dann in Semmelbröseln.

3

In Butter oder Margarine brät man die Scheiben schön goldbraun.

4

Zum Servieren belegt man die Hasenleber mit einigen Zitronenscheiben und reicht dazu Kartoffelpüree und zartes Gemüse oder Salat.

Hasenbratenreste im Salat

250 g gebratenes Hasenfleisch, 200 g Pellkartoffeln, 2 saure Gurken, 1 Eßlöffel Zwiebelwürfel, Salz, Essig, eine Messerspitze scharfer Senf

Für die Salatmarinade: 3 hartgekochte Eigelb, 1/8 l Öl, 2 Eßlöffel Essig, 1 Teelöffel scharfer Senf, Salz, Pfeffer, Zucker, 2 Eßlöffel Schalottenwürfel, 1 Eßlöffel feingewiegte Kräuter (Kerbel, Schnittlauch, Dill, Petersilie, Zitronenmelisse)

1

Man schneidet das Hasenfleisch, die gekochten Kartoffeln und die Gurken in Streifen, vermischt alles mit Zwiebelwürfeln und schmeckt mit Salz, Essig und Senf ab.

2

Der Salat muß ca. 60 Minuten an kühlem Ort durchziehen.

3

Inzwischen streicht man die Eigelb durch ein Sieb und rührt das Öl tropfenweise ein. Mit den übrigen Zutaten vermischen und abschmecken, über die durchgezogene Hasen-Kartoffel-Mischung geben und gut durchmischen.

4

Noch kurze Zeit stehen lassen und dann mit gerösteten Weißbrotscheiben servieren.

Gespickte Hasenlende

4 Hasenfilets, Salz, Pfeffer, gemahlene Nelken, Speck, 2 kleine Zwiebeln, 1/4 l Fleischbrühe, 1/8 l badischer Wein, 1 Gläschen Kirschgeist, Speisestärke, 1/8 l saure Sahne, Zitronensaft

1

Die Filets werden vom Rücken gelöst und mit Speck gespickt oder mit Speckscheiben belegt.

2

Gewürzt werden die Hasenfilets mit Salz, Pfeffer und Nelkenpulver nach Geschmack.

3

In eine mit Speckscheiben ausgelegte Bratpfanne gibt man die in Ringe geschnittenen Zwiebeln und darauf die Filets. Bei mittlerer Hitze werden sie in ca. 12 bis 15 Minuten gebraten. Herausnehmen und warm stellen.

4

Den Bratensatz kocht man mit Fleischbrühe und Wein los, bindet die Soße mit der mit Kirschgeist angerührten Speisestärke, passiert sie durch und schmeckt mit Zitronensaft und saurer Sahne ab.

5

Über die Hasenfilets gießen und sofort servieren. Am besten passen dazu Spätzle.

Hasen- oder Wildkaninchenragout

750 g Hasenragout oder anderes Wild, Essig, Wasser, 1 Zwiebel, Zitrone, Lorbeerblatt, Salz, Pfefferkörner, dunkle Mehlschwitze

1

Das Hasenklein oder 750 g Rehragout wird in kleine Stücke zerteilt und ein oder mehrere Tage in Beize aus halb Essig, halb Wasser, 1 Zwiebel, etwas Zitronenschale, Lorbeerblatt, Salz und Pfefferkörnern gelegt.

2

In der Beize werden die Stücke weich gekocht.

3

Man bereitet eine dunkle Mehlschwitze, löscht mit der nötigen Menge Sud ab und läßt alles gut durchkochen.

4

Nach Belieben kann man eine Tasse Hasen- oder Schweinsblut daranrühren, nicht mehr kochen lassen.

5

Die Soße gießt man durch ein Sieb und läßt das Fleisch darin heiß werden.

Großmutters Küchentip: Mehlschwitze wird hergestellt, indem man Mehl mit Fett oder Butter anröstet, erst mit kalter, dann mit heißer Suppe auffüllt und fest verrührt, damit sich keine Klümpchen bilden.

Jägertopf auf bayerische Art

500 g Hasenkeule, 250 g Zwiebeln, 50 g Speck, 50 g Butter, 500 g Steinpilze, Maronen oder Pfifferlinge, 250 g gelbe Rüben, Salz, Pfeffer, ¼ l Fleischbrühe, Petersilie

1

Man schneidet das Hasenfleisch in Würfel und brät es in der heißen Butter mit dem zerlassenen Speck kräftig an.

2

Nach ca. 10 Minuten gibt man die gehackte Zwiebel dazu und brät sie kurz mit.

3

In eine Auflaufform füllt man dann abwechselnd eine Schicht Fleisch, die geputzten, grob zerkleinerten Pilze und die gewürfelten gelben Rüben, die letzte Lage besteht aus Fleisch.

4

Jede Lage mit Salz und Pfeffer würzen, die Fleischbrühe darüber gießen, mit Petersilie bestreuen,

5

Deckel darauflegen und bei mittlerer Hitze in ca. 45 bis 55 Minuten garen.

Großmutters kleine Küchenweisheiten: »Die Entdeckung eines neuen Gerichtes ist für das Glück des Menschengeschlechtes von größerer Bedeutung als die Entdeckung eines neuen Gestirns.«

Gefülltes Kaninchen

1 Kaninchen, Salz, Pfeffer, 80 g Kalbfleisch, 80 g Rindfleisch, einige getrocknete Pilze, 1 Eigelb, Petersilie, Semmelbrösel, Speck, 1 Stück Sellerie, ½ Zwiebel, 1 Petersilienwurzel, Fleischbrühe, Rotwein, Zitronensaft, Sahne

1

Ein bratfertiges Kaninchen wird innen und außen mit Salz und Pfeffer eingerieben.

2

Man dreht je 80 g Kalb- und Rindfleisch sowie einige getrocknete Pilze durch den Fleischwolf und gibt 1 Eigelb, Salz, Pfeffer, gehackte Petersilie und Semmelbrösel dazu.

3

Das Kaninchen wird mit dieser Farce gefüllt, zugenäht und mit Speckscheiben belegt in eine Bratpfanne gesetzt.

4

Hinzu kommen noch ein Stück Sellerie, eine halbe Zwiebel und eine Petersilienwurzel, alles klein geschnitten.

5

Bei mittlerer Hitze wird das Kaninchen unter Begießen mit Fleischbrühe und Rotwein im Rohr gegart.

6

Die Soße schmeckt man mit Zitronensaft und Pfeffer ab und gießt zum Schluß einen Schuß Sahne dazu.

Kaninchen in Paprikasoße

1 Wildkaninchen von ca. 1500 g, 125 g Butter oder Margarine, 1 Zwiebel, Salz, Paprika, Knoblauch nach Geschmack, 1/8 l Fleischbrühe, 1/8 l Sahne, 1 Teelöffel Speisestärke

1

Das vorbereitete Kaninchen wird gehäutet und in Portionsstücke zerteilt.

2

In heißer Butter oder Margarine werden diese angebraten, gesalzen und die gehackte Zwiebel dazugegeben.

3

Mit Paprika würzen, Knoblauch dazugeben und mit Fleischbrühe aufgießen.

4

Wenn das Fleisch weich ist, dickt man die Soße mit der in Sahne angerührten Speisestärke an.

Frischlingsrippenbraten

1000 g Frischlingsrippen, ½ l Fleischbrühe, 1 Zwiebel, Salz, Pfeffer, 2 Nelken, einige Wacholderbeeren, 1 Eßlöffel Tomatenmark, 1 kleines Gläschen Weißwein, 1 Eßlöffel Mehl, Madeira

1

Das abgespülte, getrocknete Fleisch wird mit Salz und Pfeffer eingerieben.

2

In heißem Fett brät man es von beiden Seiten an, gießt nach und nach die Brühe auf, fügt die mit Nelken gespickte Zwiebel hinzu, ebenso die Wacholderbeeren und schmort das Fleisch im geschlossenen Topf weich.

3

Dann nimmt man es heraus und stellt es warm.

4

Den Bratensatz kocht man mit Tomatenmark und Wein los, bindet mit in wenig Wasser angerührtem Mehl und schmeckt mit Salz, Pfeffer und reichlich Madeira ab.

5

Die Soße wird durchpassiert und ein Teil über das in Scheiben geschnittene Fleisch verteilt. Die restliche Soße wird gesondert gereicht. Dazu passen am besten Kartoffelklöße.

Wildschweinbraten

**1500–2000 g Wildschwein, 60 g Schmalz, Salz, Pfeffer,
¼ l Rotwein, 1–2 Zwiebeln, Johannisbeergelee**

1

Das Fleisch wird abgespült, getrocknet und mit Salz und Pfeffer eingerieben.

2

In heißem Fett brät man es von allen Seiten kurz an, gießt mit heißem Wasser und etwas Rotwein auf und gart den Braten unter häufigem Beschöpfen.

3

In der letzten Viertelstunde werden die grob zerkleinerten Zwiebeln mitgedünstet.

4

Nach Belieben kann die Soße mit etwas Mehl gebunden werden.

5

Der restliche Rotwein und das Johannisbeergelee werden in die Soße gerührt, aufgekocht und mit Salz und Pfeffer abgeschmeckt.

Wildfarce

**150–200 g Wildreste, 80 g Speck, 1 Essiggurke, ½ Apfel, Petersilie,
Senf, Zwiebel, Salz, Pfeffer, Paprika, Thymian,
1 Eßlöffel Mayonnaise, 1 Glas Rotwein**

1

Die Wildreste werden mit dem Speck, der Essiggurke, dem Apfel und der Petersilie durch den Fleischwolf gedreht.

2

Gewürzt wird mit Senf, gehackter Zwiebel, Salz, Pfeffer, Paprika und Thymian.

3

Zuletzt rührt man die Mayonnaise darunter, gießt den Rotwein dazu, so daß die Farce leicht dicklich ist. Man serviert sie sehr kalt.

Ente auf Lübecker Art

1 junge Ente, 100 g Rosinen, 500 g Äpfel, 250 g Weißbrot, gewürfelt, 1 Glas Weinbrand, ¼ l Weißwein, Zimt, Butter

1

Für die Füllung der Ente bereitet man eine Masse aus den aufgequollenen Rosinen und den gewürfelten, ungeschälten Äpfeln, die in Fett angeschwitzt werden.

2

Mit Weinbrand löscht man ab, mischt die Brotwürfel darunter, würzt mit Salz und Zimt und gießt den Weißwein an.

3

Gut durchmengen und die Ente damit füllen. Sie wird in Butter im Rohr knusprig braun gebraten.

Gebratene Ente

1 Ente, Salz, Pfeffer, Beifuß

1

Die vorbereitete Ente wird innen und außen mit einer Mischung aus Salz und Pfeffer eingerieben.

2

Mit einem Zweiglein Beifuß wird die Ente in eine Bratrein gelegt, mit einer Tasse kochendem Wasser übergossen und unter häufigem Beschöpfen in ca. 60 Minuten fertig gebraten. Eventuell muß die Soße entfettet werden.

Großmutters Küchentip: *Vor dem Waschen und Ausnehmen von Geflügel, dasselbe über angezündetem Papier oder über Spiritus hin und her schwenken, um die kleinen Härchen abzusengen.*

Pfälzer Ente mit Trauben gefüllt

1 Ente, 750 g Weintrauben, ½ Glas Weinbrand, ¼ l saure Sahne, ¼ l Rotwein, 250 g Champignons, Salz, Pfeffer, etwas Mehl

1

Die Champignons werden in dicke Scheiben geschnitten, mit den gut gewaschenen, abgetropften Trauben vermischt und in die vorbereitete Ente gefüllt.

2

Die saure Sahne wird mit dem Weinbrand verrührt und vorsichtig zu der Füllung gegossen.

3

Ente zunähen und ca. 75 Minuten bei mittlerer Hitze braten.

4

Nach 30 Minuten muß die Ente mehrmals mit dem Wein begossen werden.

5

Den Bratensaft bindet man mit etwas Mehl und schmeckt mit Salz und Pfeffer ab.

Großmutters Küchentip: *Das Ausbeinen von Geflügel wird folgendermaßen vorgenommen: Rupfen, ausnehmen, Hals, Flügel und Füße abhacken, die Rückenhaut vom Hals bis zum Steiß durchschneiden, den Kropf herausnehmen; Haut und Fleisch von den Rückenknochen loslösen, das Schenkelfleisch bis auf das obere Gelenk zurückschieben, den oberen Teil der Keulen durchhacken und das vom Fleisch freigelegte Gerippe herausnehmen.*

Gefüllte Wildente

2 Wildenten, 2 altbackene Semmeln, Milch, 2 Eier, Salz, Pfeffer, Majoran, Zitronensaft, 50 g Speck, Speckscheiben

1

Die vorbereiteten Wildenten werden gewaschen, von innen und außen gesalzen.

2

Die Semmeln werden in Milch eingeweicht, ausgedrückt, mit Eiern, Salz, Pfeffer und Majoran sowie etwas Zitronensaft vermengt.

3

Im ausgelassenen Speck dünstet man die feingeschnittenen Innereien (Leber, Magen und Herz) und vermengt diese mit der Semmelmasse.

4

Die Enten werden damit gefüllt und zugenäht.

5

Man umwickelt die Flügel und Keulen mit Speckscheiben und legt die Enten dann in die Bratenpfanne, begießt sie mit heißem Speckfett und gart sie unter häufigem Beschöpfen mit dem Bratfett und dem nach dem Bräunen angegossenen Wasser in etwa 90 Minuten.

Gebratener Fasan

1 gut abgehangener Fasan, Salz, Fasaneninnereien wie Herz, Magen und Leber, 1 Semmel, Petersilie, Pfeffer, 1 Ei, Butter, Speckscheiben, ¼ l saure Sahne, etwas Speisestärke, etwas Weinbrand

1

Der gut abgehangene, vorbereitete Fasan wird innen und außen gesalzen und mit folgender Farce gefüllt: durchgedrücktes Herz, Magen und Leber, 1 eingeweichte, ausgedrückte Semmel, gehackte Petersilie, Salz und Pfeffer, 1 Ei.

2

Nach dem Füllen wird der Fasan zugenäht, mit flüssiger Butter bestrichen und mit Speckscheiben umwickelt. Unter häufigem Beschöpfen wird der Fasan im Rohr gegart.

3

Nach etwa 50 Minuten nimmt man die Speckscheiben ab, begießt mit ¼ l saurer Sahne und läßt noch 15 Minuten braten. Fasan warm stellen.

4

Der Fond wird mit Brühe oder Wasser losgekocht und mit Speisestärke gebunden.

5

Mit Salz, Pfeffer und Weinbrand abschmecken.

Großmutters Küchentip: Vorsicht, Fasane dürfen nicht zu lange im Rohr bleiben, da sie bis zum Auftragen durch die eigene Wärme noch nachgaren und sonst trocken werden.

Fasan mit Linsen

250 g Linsen, 1 Stückchen Zitronenschale, 1 Fasan, Salz, Pfeffer, 1/2 Teelöffel Salbei, 100 g Speck, 2 Eßlöffel Öl, 2 gelbe Rüben, 2 Stangen Lauch, 1/8 l saure Sahne

1

Die über Nacht eingeweichten Linsen werden zusammen mit der Zitronenschale in 2 l Einweichwasser 30 Minuten gekocht.

2

Der vorbereitete Fasan wird in 8 Stücke zerteilt, die man kräftig mit Salz, Pfeffer und Salbei würzt.

3

Der gewürfelte Speck wird glasig angebraten, das Öl hinzugefügt und die Fasanenstücke darin angebraten.

4

Dann kommen die in Scheiben geschnittenen gelben Rüben, der Lauch und die Linsen mit dem Kochwasser dazu.

5

Unter gelegentlichem Umrühren läßt man alles ca. 45 Minuten fertig garen.

6

Vor dem Servieren wird die saure Sahne hineingerührt.

Gefüllte Gänsebrust

1 Gänsebrust, Salz und Pfeffer, Senf

Für die Füllung: 150 g Kalbsleber, 1 kleine Zwiebel, etwas Butter, 1 Semmel, Salz, Pfeffer, Petersilie

1

Die Innenseite der Gänsebrust wird mit Salz eingerieben und mit Senf bestrichen.

2

150 g Kalbsleber werden gewürfelt, ebenso die Zwiebel und beides in Butter angebraten.

3

Die eingeweichte, ausgedrückte Semmel dazugeben, salzen, pfeffern und mit gehackter Petersilie zu einem geschmeidigen Teig vermischen.

4

Die Füllung wird auf eine Seite der Gänsebrust gelegt, die andere Hälfte darübergeschlagen und fest zugenäht.

5

Bei mittlerer Hitze wird die Gänsebrust in ca. 60 Minuten knusprig braun gebraten.

Gänseklein, als Suppe gekocht

1 Gänseklein, 1½–2 l kochendes Wasser, 1 Eßlöffel Salz, Suppengemüse, 50–60 g Reis

1

Das gewaschene Gänseklein wird in Wasser mit Salz und Suppengemüse 2–2 ½ Stunden gekocht.

2

In der durchgeseihten Brühe läßt man den Reis gar werden.

3

Das von den Knochen gelöste, in Stücke geschnittene Fleisch kommt als Einlage in die Suppe.

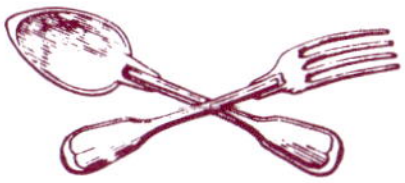

Gebratene Gänseleber

1 Gänseleber, Milch, Salz zum Bestreuen, Mehl zum Einhüllen, 1 Zwiebel in Scheiben, 1 Apfel in Scheiben, 50 g Butter

1

Die gewaschene Leber wird 2–3 Stunden in Milch gelegt.

2

Nach dem Herausnehmen wird sie abgetrocknet und, wenn sie groß ist, in 2–3 Stücke geteilt.

3

Diese werden gesalzen, in Mehl gewendet und in Butter 8–12 Minuten gebraten.

4

Ist die Leber von beiden Seiten gebräunt, werden die Zwiebel- und Apfelscheiben dazugegeben.

Gänseleberpastete

Leber einer Stopfgans, 375–500 g schwer, Milch zum Übergießen, 30–40 g geschälte Trüffeln, 3–4 Eßlöffel Madeira, Salz zum Bestreuen, 1 Prise Pfeffer, 375 g mageres Schweinefleisch, 375 g Schweinerückenfett (grüner Speck), Salz nach Geschmack, dünn geschnittene Scheiben von grünem Speck, zerlassenes Schweinefett

1

Die Leber wird mit Milch übergossen und 12 Stunden stehengelassen.

2

Sie wird abgetrocknet, in 4–6 Stücke geschnitten. Diese werden mit Trüffelstückchen gespickt.

3

Die gespickten Stücke werden mit Salz bestreut und mit Madeira übergossen. Man läßt sie 1–2 Stunden stehen (einmal umwenden).

4

Fleisch, Schweinerückenfett und Leberabfälle werden drei- bis viermal durch den Fleischwolf gedreht, wenn notwendig durch ein Pastetensieb gestrichen. Mit Salz abschmecken.

5

Eine Pastetenform aus Steingut wird mit dünnen Speckscheiben ausgelegt. Fleischteig und trocken abgetropfte Leberstücke werden lagenweise eingefüllt, als unterste und oberste Schicht und an den Seitenwänden Fleischteig.

6

Die Oberfläche wird mit Scheiben von Schweinerückenfett zugedeckt. (Die Form kann bis dicht zum Rand gefüllt werden, da der Inhalt beim Garen zusammenfällt.)

7

Der Deckel wird aufgelegt, die Form fest verschlossen durch einen mit Kleister bestrichenen Papierstreifen (Kleisterbrei von Weizenmehl und Eiweiß, Breite des Streifens 4 cm).

8

Die Form wird in Wasser im zugedeckten Topf 2–2 ½ Stunden gekocht (so daß die Form bis zur Hälfte in Wasser steht; es empfiehlt sich, einen Einsatz in den Topf zu legen oder die Pastetenform auf einen Teller zu stellen).

9

Nach der angegebenen Kochzeit wird die Pastete herausgenommen, der Papierstreifen vom Deckel entfernt, die Pastete abgekühlt.

10

Sie wird mit zerlassenem, abgekühltem Schweinefett bis 1½ cm unterhalb des Randes zugegossen.

11

Der Deckel wird wieder aufgelegt und durch einen 4 cm breiten, mit Kleister bestrichenen dicken Stanniolpapierstreifen festgehalten.

12

Zum Anrichten wird von der Oberfläche der geöffneten Form das Fett entfernt, die Form einen Augenblick in heißes Wasser getaucht, auf ein Emaillebrett oder einen Porzellanteller gestürzt, das Schweinerückenfett entfernt, die Oberfläche und die Seitenwände mit einem heißen Messer glattgestrichen.

13

Die Pastete wird auf einen Glasteller gelegt, mit gehacktem oder in Formen ausgestochenem, mit Madeira abgeschmecktem Aspik, Trüffelstückchen und Petersilie verziert.

Kühl aufbewahrt hält sich die Pastete mehrere Wochen. Anstelle von Pastetentöpfen können auch weite Weckgläser verwendet werden.

Großmutters Küchentip: Trüffelreste können in Würfel geschnitten beim Einschichten zwischen die einzelnen Lagen gestreut werden. Frische Trüffeln werden in Wasser gründlich gebürstet, geschält, dann geschnitten. Die Trüffelschalen können mit Fleisch und Leber durch die Maschine gedreht werden.

Gänseleberwurst

250 g Gänseleber, 250 g fettes Bauchfleisch, ½ Zwiebel, 2 Eßlöffel Gänse- oder Schweinefett, Salz, Pfeffer, 1 Teelöffel Majoran, ½ Teelöffel Thymian, die Haut des Halses oder 1 Stück Fettdarm, Wasser zum Kochen

1

Die Gänseleber wird mit dem gekochten, abgekühlten, in Stücke geschnittenen Bauchfleisch drei- bis viermal durch den Fleischwolf gedreht.

2

Die Zwiebelwürfel dünstet man in dem Fett und gibt sie durch ein Sieb zur Fleischmasse.

3

Diese wird scharf mit Salz abgeschmeckt, gewürzt, in die Halshaut oder den vorbereiteten Darm eingefüllt, mit kaltem Salzwasser bedeckt zum Kochen gebracht und in 30–40 Minuten gegart.

4

Die Masse kann auch in einem Weckglas oder Pastetennapf durch Kochen im Wasserbad gar gemacht werden.

5

Mit dem Salz kann dann sparsamer umgegangen werden.

Großmutters kleine Küchenweisheit: *»Sind Küch' und Keller reich bestellt,*
Da ist Kochen gar nicht schwer,
Doch wenn's an Mitteln dazu fehlt,
Gilt Sparsamkeit noch viel mehr.«

Gänseschmalz

Fett einer Gans, Salz, einige Äpfel und Zwiebeln

1

Das Fett wird von der Gans abgelöst und 24 Stunden gewässert. Das Wasser muß öfters abgegossen und durch frisches ersetzt werden.

2

Man läßt das Fett gut abtropfen, schneidet es in Würfel und brät es unter Hinzugabe von etwas Salz langsam in einem Topf aus. Häufig umrühren!

3

Sobald die Schreven anfangen, gelblich zu werden, fügt man ungeschälte Äpfel und ebenso viele Zwiebeln dazu und läßt alles so lange weiterbraten, bis das Fett am Löffel kocht und Äpfel und Zwiebeln weich sind.

4

Durch ein Sieb abgießen, abkühlen lassen und das Gefäß dann mit Pergamentpapier zubinden, das man einmal mit einer Nadel durchsticht.

Das Gänseschmalz muß kühl aufbewahrt werden.

Schlesische Gänsesülze

Gänseklein oder 1 Gans, in Stücke zerteilt, oder die Reste einer Gans, deren Brust zu Spickgans verbraucht wurde, kochendes Wasser, Salz, Suppengemüse, Essig, weiße Gelatine, Eiweiß, Eierschale, wenn die Flüssigkeit geklärt werden soll

1

Das vorbereitete Gänseklein oder die vorbereitete, roh in Stücke zerschnittene Gans werden in kochendem Wasser mit Salz und Suppengemüse in 2–2 ½ Stunden weich gekocht.

2

Nach der Hälfte der Kochzeit wird etwas Essig dazugegossen.

3

Die Brühe wird durch ein Sieb gegossen, entfettet, kräftig mit Essig und Salz abgeschmeckt und gemessen.

4

Auf 1 l Flüssigkeit werden 10–12 Blatt Gelatine gerechnet, wenn sie ungeklärt bleibt. Soll sie geklärt werden, so sind auf 1 l 12–14 Blatt zu rechnen, 1½ Eiweiß und ½ Eierschale.

5

Die vorher eingeweichte Gelatine wird in der noch heißen Brühe gelöst und diese nach dem Abkühlen über die Fleischstücke gegeben.

6

Werden größere Mengen in einem Steintopf eingelegt, dann ist die Oberfläche des steifgewordenen Gerichtes mit flüssigem, abgekühltem Fett zuzugießen.

Gans, gespickt, auf süddeutsche Art

1 Gans von ca. 5000 g, 200 g durchwachsener Speck, Salz, Pfeffer, 3 kleine Zwiebeln, 80 g Butter, 1 Eßlöffel Mehl, ½ l saure Sahne

1

Die Gans wird vorbereitet, die Haut abgezogen und alles Fett entfernt.

2

Den Speck schneidet man in feine Streifen und füllt die Gans damit, reibt sie mit Salz und Pfeffer ein und gibt sie in den Topf zu den in heißer Butter angedünsteten, kleingeschnittenen Zwiebeln.

3

Wenn die Gans etwas Farbe angenommen hat, gießt man nach und nach ca. ½ l heißes Wasser auf und gart sie im geschlossenen Topf. Das dauert, je nach Größe der Gans, 2 bis 3 Stunden.

4

Die Soße wird dann mit dem Mehl gebunden, durchgekocht und mit der sauren Sahne verfeinert. Zur gespickten Gans gibt es Kartoffel- oder Semmelknödel.

Großmutters kleine Küchenweisheit: *»Junge Gänschen sehen so altklug aus, besonders um die Augen, so vielgelebt, und werden doch mit jedem Tag wie größer, so dümmer.«* *(Goethe)*

Gans auf Mecklenburger Art

1 Gans von 4500 bis 5000 g, Pfeffer, Salz, 500 g Äpfel, 40 g Butter oder Margarine, 50 g Rosinen, 50 g Korinthen

Für den Rotkohl: 1000 g Rotkohl, Gänsefett, Essig, Salz, Zucker, Lorbeerblatt, 1 kleine, mit 2 Nelken besteckte Zwiebel

Für die Maronen: 200 g Maronen (Eßkastanien), Zucker, Butter oder Margarine, ½ l Fleischbrühe

1

Die gewaschene, abgetrocknete Gans wird mit Salz und Pfeffer eingerieben. Äpfel werden gewaschen, geschält, in Viertel geschnitten und in der heißen Butter oder Margarine angedünstet. Rosinen und Korinthen werden überbrüht, abgetropft und mit den Äpfeln gemischt.

2

Die Mischung wird in die Gans gefüllt und diese zugenäht. In 130 bis 150 Minuten wird die Gans bei mittlerer Hitze knusprig braun gebraten.

3

In etwas Bratfett von der Gans dünstet man den gehobelten Rotkohl an, gibt das Lorbeerblatt und die Zwiebel dazu, gießt mit etwas Wasser und Essig an, würzt mit Salz und einer Prise Zucker und läßt den Kohl garen. Die Gans mit der Apfelfülle wird später darauf angerichtet.

4

Man schneidet die Maronen über Kreuz ein, kocht sie ca. 15 Minuten und schält sie dann ab. Etwas Zucker röstet man in Butter oder Margarine goldgelb, gibt die geschälten Maronen hinein und gießt mit heißer Fleischbrühe auf. In weiteren 15 Minuten fertig garen.

Backhendl auf süddeutsche Art

2 Hühnchen, Salz, Mehl, 1 Ei, Semmelmehl, Fett

Für die Backhendl braucht man unbedingt ganz junge, kleine Hühner oder Hähnchen. Für 4 Personen rechnet man 2 Hühner.

1

Jedes wird in 6 Stücke zerteilt, gewaschen, gut abgetrocknet, gesalzen.

2

Man wendet die Teile in Mehl, dann in verquirltem Ei und zum Schluß in Semmelmehl.

3

In heißem Backfett werden die Hühnchen knusprig braun gebacken.

Brathähnchen

Brathuhn, Salz, Pfeffer, Butter, etwas Mehl

1

Das Brathuhn wird gründlich gewaschen, innen und außen mit Salz und Pfeffer eingerieben.

2

Mit Butter bestrichen kommt es in die Bratenpfanne.

3

Im heißen Ofen muß es immer wieder begossen werden, bis es nach ca. 60 Minuten gar ist.

4

Die Soße wird mit etwas Mehl angedickt und nach Belieben etwas Sahne hineingerührt.

5

Wenn man das Hähnchen auf dem Rost brät, kann der Bratensaft in der Fettpfanne aufgefangen und gesondert verwendet werden.

Geflügelreste als Auflauf mit Reis

250 g Reis, 20 g Butter oder Margarine, 1 kleine Zwiebel, 1 l Fleischbrühe, 2 Eier, 250 g Geflügelreste

1

In der zerlassenen Butter oder Margarine wird die kleingewiegte Zwiebel angedünstet, dann kommt der Reis hinein, wird kurz mitgedünstet und dann mit Fleischbrühe aufgegossen.

2

Wenn der Reis weich ist, gibt man ihn lagenweise abwechselnd mit dem Geflügel in eine gefettete Auflaufform, gießt die verquirlten Eier darüber, setzt Butterflöckchen obenauf und bäckt den Auflauf bei mittlerer Hitze ca. 30 Minuten. Man kann den Geflügelauflauf mit Tomatensoße und Salat servieren.

Großmutters Küchentip: Geflügel kann man abbrühen und naß putzen, indem man das Huhn nach dem Schlachten vorerst in kaltes Wasser legt, darauf in kochendes und dann wieder in kaltes Wasser. Auf diese Art lassen sich die Federn leicht abstreifen, ohne daß die Haut beschädigt wird. Dieses Verfahren sollte aber nur dann angewendet werden, wenn das Stück sofort verbraucht wird, denn es hat den Nachteil, daß es, nachdem es mit Wasser in Berührung gekommen ist, nach 2–3 Tagen schlitzig wird und Geruch annimmt, was bei einem trocken gerupften Tier nicht der Fall ist.

Geflügelsalat

**2 Hühnerbrüstchen, 100 g Champignons, 100 g grüne Erbsen,
50 g gehackte Mandeln, Petersilie**

**Für die Marinade: Zitronensaft oder etwas Essig, 100 g Mayonnaise,
4 Eßlöffel Sahne, Pfeffer, 1 Prise Zucker, eventuell noch eine Prise Salz**

1

Die Hühnerbrüstchen werden in kochendem Salzwasser weich gekocht, von den Knochen gelöst und in Würfel geschnitten.

2

Die blättrig geschnittenen Champignons dünstet man in wenig Butter weich.

3

Die Erbsen werden in wenig Salzwasser weich gedünstet.

4

Hühnerfleisch, Champignons, Erbsen und gehackte Mandeln werden mit Zitronensaft beträufelt und müssen ca. 15 Minuten durchziehen.

5

Für die Marinade rührt man die Mayonnaise mit der Sahne, Pfeffer, Zucker und dem restlichen Zitronensaft glatt und hebt Hühnerfleisch, Champignons und Erbsen unter.

6

Nochmals kalt stellen und mit Petersilie bestreuen.

Fränkischer Gockel, gefüllt

1 junger Hahn (750–1000 g), 3–4 altbackene Milchbrötchen, etwas Milch, 1 Zwiebel, Petersilie, etwas Butter, 3 Eigelb

1

Ein junger Hahn von 750 bis 1000 g Gewicht wird gerupft und ausgenommen und mit dieser Masse gefüllt: drei oder vier altbackene Milchbrötchen ohne Rinde werden in Milch eingeweicht und kommen gut ausgedrückt in eine Kasserolle, in der man eine fein gehackte Zwiebel und Petersilie in Butter gedämpft hat, ohne daß die Zwiebel Farbe angenommen hat.

2

Auf dem Feuer wird das Brot umgerührt, bis es sich von der Kasserolle löst; hierauf rührt man drei Eigelb und die grob gehackte Leber des Gockels darunter.

3

Hat man diese Masse eingefüllt, wird der Hahn zugenäht und im heißen Ofen und unter häufigem Begießen in etwa 45 Minuten langsam gebraten.

Großmutters Küchentip: *Hahnenkämme werden in kaltem Wasser zugesetzt und am Herdrand nur so weit erhitzt, daß man die feine Haut zwischen den Fingern leicht abstreifen kann. Dann werden sie in kaltes Wasser gelegt und noch einige Male ausgewässert, bis die Kämme ganz weiß geworden sind. In lichter Suppe werden sie dann mit Zitronensaft gedünstet oder mit Wasser und Zitronensaft gekocht. Dienen gut als Garnituren oder Ragout.*

Hähnchen nach alter Art

2 Hähnchen von je ca. 800 g, 50 g Butter oder Margarine, Salz, Pfeffer, Paprika, 1000 g rohe Kartoffeln, 100 g Speck, 250 g kleine Zwiebeln, wenig Fleischbrühe, Petersilie

1

Die gewaschenen, trockengetupften Hähnchen werden in heißer Butter oder Margarine rundherum angebraten, mit Salz, Pfeffer und Paprika gewürzt und weitere ca. 10 Minuten unter mehrmaligem Umdrehen gebraten.

2

In der Zwischenzeit schält man die Kartoffeln, schneidet sie in Würfel und gibt sie dann zu den Hähnchen, danach den gewürfelten Speck und die ebenfalls gewürfelten Zwiebeln.

3

Etwa 5 Eßlöffel heiße Fleischbrühe gießt man darüber, legt einen Deckel auf und gart bei mittlerer Hitze ca. 40 Minuten.

4

Nach dieser Zeit wird der Deckel abgenommen und die Form für ca. 5 bis 10 Minuten zum Überbräunen noch im Ofen gelassen.

5

Die gehackte Petersilie darüber streuen.

Hühnerhacksteak mit Pilzsoße

500 g frische Pilze (Pfifferlinge, Champignons, Maronen, Steinpilze oder Mischpilze), 6 Eßlöffel Butter, 1 Brathähnchen, 1 altbackene Semmel, 1/8 l Sahne, Salz, Pfeffer, 1 Ei, 1 Eigelb, Semmelbrösel

1

Die Pilze werden geputzt, geschnitten und in einem Eßlöffel Butter gedünstet.

2

Das Hühnerfleisch wird roh von den Knochen gelöst und zweimal durch den Fleischwolf gedreht, mit der eingeweichten, ausgedrückten Semmel, Salz und Pfeffer zu einem Teig gemischt.

3

Man formt Steaks aus der Masse und wendet sie in dem verquirlten Ei und dann in Semmelbröseln.

4

In heißer Butter werden die Hacksteaks schön braun gebraten.

5

Im Wasserbad rührt man indessen das Eigelb und die restliche Butter sämig und gibt die Pilze hinein.

6

Mit Salz und Pfeffer abschmecken und auf die Hacksteaks verteilen. Sehr gut dazu schmeckt Kartoffelpüree.

Großmutters Küchentip: *Trocken gerupftes Geflügel kann und soll ein bis zwei Tage ablagern, bevor es verwendet wird; wenn das Tier noch blutwarm gerupft wird, reißt leicht die Haut ein.*

Huhn in Dillsoße

1 junges Huhn, Suppengrün, Salz, 50 g Butter oder Margarine, 40 g Mehl, feingehackter Dill, 1/8 l Sahne

1

Zusammen mit dem zerkleinerten Suppengrün wird das Huhn in Salzwasser weich gekocht.

2

Aus Butter und Mehl bereitet man eine helle Mehlschwitze, füllt mit Hühnerbrühe auf und läßt gut durchkochen.

3

In der Zwischenzeit tranchiert man das Huhn, löst das Fleisch von den Knochen, schneidet es in mundgerechte Stücke und läßt es in der Soße heiß werden.

4

Den gehackten Dill in die Soße rühren und mit Sahne verfeinern. Zum Huhn in Dillsoße passen am besten Reis und Salat.

Großmutters Küchentip: *Um sich zu vergewissern, ob Geflügel genügend gebraten ist, dreht man das Stück um und läßt einige Tropfen Saft herausrinnen. Ist dieser wasserhell, dann ist der Braten gar, zeigen sich noch Blutspuren, so muß das Stück noch gebraten werden.*

Pfefferpoularde

1 Poularde, Salz, Pfeffer, Paprika, etwas Mehl, 1 Zwiebel, 8 geschälte Tomaten, 1 Knoblauchzehe, 1 Glas Rotwein, etwas Fleischbrühe, Schmalz

1

Eine Poularde wird in 8 Teile geteilt, mit einer Mischung aus Salz, Pfeffer und Paprika eingerieben und mit etwas Mehl bestäubt.

2

In Schmalz röstet man eine kleingeschnittene Zwiebel an, gibt die Fleischstücke dazu und brät sie kräftig an.

3

Dann gibt man 8 geschälte Tomaten, 1 zerdrückte Knoblauchzehe und 1 Teelöffel Paprika dazu und läßt die Poularde gar schmoren.

4

Falls erforderlich, muß etwas Fleischbrühe nachgegossen werden.

5

Abgeschmeckt wird mit 1 Glas Rotwein.

Großmutters Küchentip: *Um Poularden weiß zu erhalten, reibt man das Geflügel kräftig mit Zitronensaft ein.*

Schlesisches Haselhuhn, gebraten

Für 4 Personen rechnet man 2 Haselhühner, Speck in Scheiben, Salz, Butter

Das Haselhuhn ist dem Fleisch des Fasans sehr ähnlich. Es lebt in Nadelwäldern, die von Erlen, Birken und Haselsträuchern umgeben sind.

1

Die Haselhühner werden gerupft und ausgenommen.

2

Man reibt sie mit einem Tuch sauber ab, sie werden nicht gewaschen.

3

Innen und außen werden sie mit Salz eingerieben, mit Speckscheiben umwickelt und dann in reichlich heißer Butter gebraten.

4

Man muß sie häufig beschöpfen, wenn nötig, gießt man wenig Wasser oder Brühe auf. Der Bratvorgang dauert nur 20 bis 25 Minuten, dann sind die Haselhühner weich.

5

Nach Belieben kann man die Soße mit saurer Sahne abschmecken.

Gefüllter Kapaun

1 Kapaun, Salz, Pfeffer, Butter

Für die Füllung: 200 g Kalbfleisch, 1 Kapaunleber, 2 Eier, 1 kleine Zwiebel, feingehackte Petersilie, 1 Tasse blättrig geschnittene Champignons, in etwas Butter gedünstet, Salz, Pfeffer, abgeriebene Schale einer halben Zitrone, 1/8 l Sahne, Semmelbrösel

1

Das Kalbfleisch und die gekochte Leber des Kapauns werden durch den Fleischwolf gedreht, mit der feingehackten Zwiebel, den Champignons, Petersilie, Eiern und Semmelbröseln zu einem geschmeidigen Teig vermischt und mit Salz, Pfeffer und Zitronenschale gewürzt.

2

Die Sahne hineingeben, falls der Teig zu fest ist, etwas Milch hinzufügen.

3

Mit dieser Masse wird der vorbereitete Kapaun, den man innen und außen mit Salz bestreut, gefüllt, zugenäht und in heißer Butter etwa 70 bis 90 Minuten bei mittlerer Hitze gebraten. Fleißig beschöpfen.

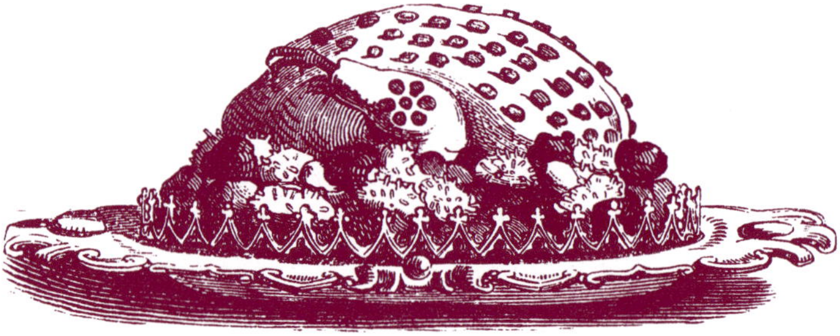

Großmutters kleine Küchenweisheit: *»Will Vogelfang dir nicht geraten,
So magst du deinen Schuhu braten.«*

Kapaun, lukullisch

1 Kapaun, Butter, Öl, 100 g Speck, 12 kleine Zwiebeln, etwas Mehl, 2 Glas Weinbrand, 3/4 l Rotwein, 2 Eßlöffel gehackte, beliebige aromatische Kräuter, Salz, Pfeffer, 1 gelbe Rübe, feingewiegt

1

Man schneidet den vorbereiteten Kapaun in Stücke, den Speck in Scheiben und brät den Speck in heißer Butter und Öl zusammen mit den Zwiebeln goldbraun. Aus dem Fett nehmen, warm stellen.

2

Die Kapaunstücke wendet man in Mehl, gibt sie in das heiße Fett und brät sie rundherum an.

3

Dann nimmt man sie heraus, läßt sie abtropfen und beträufelt sie mit Weinbrand.

4

Die Fleischstücke werden abermals mit Mehl bestäubt, ins heiße Fett zurückgelegt, mit Rotwein begossen und mit Salz und Pfeffer gewürzt.

5

Dann gibt man die feingewiegte gelbe Rübe und die Kräuter hinein und dünstet alles im geschlossenen Topf fertig.

6

Mit den gebräunten Speckscheiben und Zwiebeln umlegen und mit Kartoffelkroketten zu Tisch geben.

Großmutters Küchentip: Das Dressieren und Richten von Geflügel sollte folgendermaßen stattfinden: Die Schenkel so weit nach rückwärts gebogen, daß sie senkrecht stehen, mit einer Spicknadel knapp unter den Knochen des linken und dann des rechten Fußes stechen und den Faden einziehen, um die Füße in der gleichen Lage zu haben. Dann führt man die Nadel unter dem Huhn gegen den Rücken auf die andere Seite und bindet den Faden fest; darauf drückt man die Füße so weit herunter, daß sie waagerecht stehen und die Brust hervortritt, sticht mit der Nadel durch den Rücken nach vorne und kommt damit unter dem Fuß heraus; führt den Faden über das Schenkelbein durch die Brust und den zweiten Fuß wieder in den Rücken und bindet ihn an.

Kapaun, weiß gekocht

Für 4 bis 6 Personen: 1 Kapaun, ausgenommen etwa 1500 g schwer, 60 g Butter, ¼ l Hühnerbrühe, die aus dem Hühnerklein zubereitet werden kann

Für die Sauce: 2 Eigelb, ¼ l Rinderbrühe, 60 g Butter, 1 Eßlöffel gehackte Petersilie, 1 Teelöffel gehackter Thymian, 1 Messerspitze gehackter Estragon, 1 Eßlöffel Weinessig, Salz, Pfeffer

1

Das Huhn wird in der heißen Röhre 75 Minuten gebraten. Man kann es auch mit Butter einreiben, mit Folie abdecken und die Brühe in das Bratgefäß geben.

2

10 Minuten vor Ende der Bratzeit wird das Eigelb leicht geschlagen und der Rinderbrühe zugefügt, in einem kleinen Topf auf mäßig heißer Flamme mit der in Stücke gepflückten Butter ständig umgerührt, bis die Masse eindickt.

3

Topf vom Feuer nehmen, Essig unterziehen, Kräuter beifügen, auf die Platte zurückstellen, salzen und pfeffern und sorgsam rühren, bis die Sauce fast kocht, dann vom Feuer nehmen und über das in Stücke geschnittene Huhn gießen und servieren.

Putenbrust

Putenbrust, Öl, Weißwein, Pfeffer, Salz, Schmalz

1

Man schneidet die Putenbrust in Stücke und läßt sie in einer Marinade aus Öl, Weißwein, Pfeffer und Salz gut durchziehen (ca. 1 Stunde).

2

Dann nimmt man sie heraus, läßt sie abtropfen und brät sie von beiden Seiten kurz in heißem Schmalz.

Putenkeule, in Rotwein geschmort

**Putenoberkeule, Salz, Pfeffer, Margarine, ausgelassener Speck,
1 Stück Sellerie, 1 gelbe Rübe, 2 Zwiebeln, 3–4 Tomaten,
2 Glas Rotwein, Fleischbrühe, Mehl, 1/8 l saure Sahne, Paprika**

1

Man würzt eine Putenoberkeule mit Salz und Pfeffer und bräunt sie in mit Margarine ausgelassenem Speck.

2

Kleingeschnittenes Gemüse (Sellerie, gelbe Rübe, Zwiebeln, Tomaten) gibt man dazu und röstet es mit an.

3

Dann gießt man mit 2 Glas Rotwein auf und schmort die Putenkeule darin ca. 90 Minuten. Eventuell muß hin und wieder etwas Fleischbrühe nachgegossen werden.

4

Dann nimmt man das Geflügel heraus, löst den Knochen aus und schneidet das Fleisch in Scheiben.

5

Die Soße wird durch ein Sieb passiert, mit etwas Mehl gebunden, die saure Sahne untergerührt und mit Paprika abgeschmeckt.

Puter mit Sellerie

1 weißer Puter, 6 Bleichsellerie, Lauch, Zwiebeln, Karotten, Thymian, 3 l Wasser, etwas frischer Rahm, 18 Austern

1

Ein weißer Puter wird gesäubert, dressiert und mit Bleichsellerie, Lauch, Zwiebeln, Karotten und einem Zweig Thymian im Wasser langsam gar gekocht.

2

Hierauf wird mit dem Puterfond eine weiße Sauce bereitet, mit etwas frischem Rahm auf dem Feuer unter stetem Rühren zur Hälfte eingekocht und durch ein Tuch gedrückt.

3

Von den Austern wird das Auge entfernt, diese in eigenem Fond einmal aufgekocht, herausgenommen und der erhaltene Fond passiert und der Sauce hinzugefügt.

4

Sodann wird der mitgekochte Sellerie in Rechtecke geschnitten und ebenfalls mit den Austern der Sauce zugefügt.

5

Der Puter wird in üblicher Weise tranchiert und die Sauce extra serviert. Als Beigabe eignen sich gedämpfter Reis, Nudeln, Nockerln und dergleichen mehr. Die Reste des gekochten Puters lassen sich zu Hachée, Croquettes, Emincés, Coquilles und dergleichen verwenden.

Rebhühner mit Linsen

2 alte Rebhühner, 60 g geräucherter Speck, Salz, 375 g Linsen, 1½–2 l Wasser, Suppengemüse, 60 g Butter, 30 g Mehl, Salz nach Geschmack

1

Die Rebhühner werden vorbereitet, gesalzen.

2

Die Brust und die hochgeschobenen Keulen werden mit Speckscheiben belegt, diese festgebunden.

3

Die am Tage vorher eingeweichten Linsen werden mit Wasser, Suppengemüse und Salz aufgesetzt.

4

In die kochende Suppe werden die Rebhühner gegeben und weich gekocht.

5

Das Fleisch der Rebhühner wird von den Knochen gelöst, von der Haut befreit und als Einlage in die Suppe gegeben.

6

Die Suppe, zu der die Linsen auch durchpassiert werden können, wird durch eine mittelbraune Mehlschwitze gebunden.

Rebhühner mit Wirsing

2 ältere Rebhühner, 40 g geräucherter Speck, 40 g roher Schinken, Salz zum Bestreuen, 75–100 g Butter, kochendes Wasser, 750–1000 g Wirsing, 1 Eßlöffel Mehl, Salz nach Geschmack

1

Die Brust der vorbereiteten Rebhühner wird gehäutet und abwechselnd mit Speck- und Schinkenstreifen gespickt.

2

Speck- und Schinkenreste werden in Würfel geschnitten. Die Speckwürfel werden bis zum Glasigwerden erhitzt, Schinkenwürfel und Butter dazugegeben.

3

In die zerlassene, nicht gebräunte Butter werden die gesalzenen Rebhühner gegeben und 5–10 Minuten darin gedünstet (sie dürfen nur gelblich werden).

4

Die äußeren schlechten Blätter des Kohles werden entfernt, die übrigen einzeln vom Strunk abgelöst, die dicke Rippe flach geschnitten und die Blätter mit kochendem Wasser überbrüht oder in kochendem Salzwasser 3–5 Minuten vorgekocht, das Wasser abgegossen.

5

Der so grob gehackte Kohl kommt zu den gedünsteten Rebhühnern, kochendes Wasser wird aufgefüllt und das Gericht gegart, mit etwas Mehl angedickt und mit Salz abgeschmeckt.

6

Beim Anrichten werden die Rebhühner längs geteilt.

Gebratenes Rebhuhn

4 Rebhühner, 200 g Speck in Scheiben, 150 g Butter, Salz, Pfeffer, 1 Glas Weinbrand

1

Die vorbereiteten Rebhühner werden ausgenommen, kurz gewaschen, trockengetupft, innen und außen mit Salz eingerieben und leicht gepfeffert.

2

Die Brust eines jeden Rebhuhns wird mit einer großen Speckscheibe belegt, die Butter zerlassen und darüber gegossen.

3

Bei mittlerer Hitze brät man die Rebhühner ca. 35 bis 45 Minuten.

4

Der Bratfond wird mit wenig Wasser und einem Glas Weinbrand losgekocht.

Großmutters kleine Küchenweisheit: *»Im Essen bist du schnell,
im Gehen bist du faul.
Iß mit den Füßen, Freund,
und nimm zum Gehn das Maul!«* (Lessing)

Gebratene Schnepfen

2 Schnepfen, Salz, Pfeffer, Speck in großen Scheiben zum Umwickeln, 100 g Butter, 1 kleine Zwiebel oder 2 Schalotten, etwas Fleischbrühe, 1 Glas Weinbrand, zum Garnieren 4 Weißbrotscheiben, einige Zitronenscheiben

1

Junge Schnepfen werden vorbereitet, mit Salz und Pfeffer gewürzt und mit Speckscheiben umwickelt.

2

Die Butter wird erhitzt und über die Schnepfen geträufelt.

3

Schalotten oder Zwiebel schneidet man in Würfel, gibt sie ins Fett und brät die Schnepfen unter häufigem Begießen bei mittlerer Hitze ca. 12 bis 20 Minuten.

4

Der Bratensatz wird mit heißer Fleischbrühe losgekocht, abgeschmeckt, mit Weinbrand verfeinert und durch ein Sieb gegossen.

5

Man halbiert die Schnepfen der Länge nach und setzt sie auf geröstete Weißbrotscheiben, einige Zitronenscheiben legt man zur Garnierung dazu.

Gefüllte Schnepfen

2 Waldschnepfen, 250 g Trüffeln, 2 Schalotten, Salz, Pfeffer, gehackte Petersilie, 100 g Gänseleberpastete, Speckscheiben zum Umwickeln, 100 g Butter

1

Die vorbereiteten, jungen Waldschnepfen werden mit Salz und Pfeffer gewürzt.

2

Die Eingeweide (der Magen wird nicht verwendet), die feingehackten Schalotten und die gehackte Petersilie werden in der Hälfte der Butter kurz gedünstet und mit Salz und Pfeffer gewürzt.

3

Die Gänseleberpastete und die Trüffel schneidet man in Würfel und vermengt alles gut miteinander.

4

Mit dieser Farce werden die Schnepfen gefüllt, zugenäht, mit Speckscheiben umwickelt und im Rohr schnell in Butter gebraten.

5

Während der ca. 20 Minuten Bratzeit muß häufig beschöpft werden.

Großmutters kleine Küchenweisheit: *»Schnepfendreck, der beste Schleck,*
Aber er sowie Pasteten
Sind dem Bauern nicht vonnöten!«

Gebratene Tauben

Tauben, Salz, Speckscheiben, Fleischbrühe, Wacholderbeeren, Pilze, Thymian, etwas Speisestärke, 1/8 l Sahne

1

Die Tauben werden vorbereitet, innen gesalzen, mit dünnen Speckscheiben umwickelt und unter häufigem Begießen mit Fleischbrühe gebraten.

2

In der letzten Viertelstunde wird der Speck entfernt, der Bratensatz mit Brühe, zerdrückten Wacholderbeeren, Pilzen und Thymian losgekocht und durchpassiert.

3

Etwas Speisestärke wird mit Sahne verrührt und die Soße damit gebunden.

Großmutters kleines Küchengeheimnis: *»Wer aber recht bequem ist und faul,*
Flög dem eine gebratne Taube ins Maul,
Er würde höchlich sichs verbitten,
Wär sie nicht auch geschickt
zerschnitten.« *(Goethe)*

Gefüllte Tauben

4 Tauben, Salz, Pfeffer, Margarine zum Braten

Für die Füllung: 2 altbackene Semmeln, ½ l Fleischbrühe, 1 Zwiebel, 125 g gedünstete, feinblättrig geschnittene Champignons, gehackte Petersilie, 1 Eßlöffel Butter

1

Die Semmeln werden zerkleinert und mit heißer Fleischbrühe (etwa ¼ l) übergossen.

2

Die Zwiebel schneidet man in feine Würfel und schwitzt sie in der Butter an.

3

Champignons und gehackte Petersilie kommen dazu, ebenso die geweichten, ausgedrückten Semmeln.

4

Mit Salz und Pfeffer wird gewürzt und das Ganze unter Rühren erhitzt. Topf vom Feuer nehmen und abkühlen lassen.

5

Die Tauben werden abgespült, trockengetupft, innen und außen leicht gesalzen und gepfeffert und gefüllt.

6

Mit Holzspießchen werden sie zugesteckt und in heißer Margarine rundherum angebraten.

7

Nach etwa 15 bis 20 Minuten gießt man die restliche heiße Fleischbrühe an und läßt die Tauben noch 20 bis 30 Minuten zugedeckt schmoren.

8

Vor dem Anrichten werden die Holzspießchen herausgenommen.

Die Anstandsregeln bei Tisch

Anstand ist das Gegenteil von Roheit. Wenn in einer Familie bei Tische ein ungeregeltes, wüstes oder rohes Benehmen herrscht, kann die Mahlzeit nicht zugleich eine Erholung sein und Freude bereiten. Die Hausfrau muß darauf achten und darf es nicht ungerügt lassen, wenn gegen die nachstehenden Regeln gefehlt wird:

1. *Bei Tische soll man anständig sitzen, das heißt aufrecht, nicht zu weit vornüber gebeugt oder rückwärts an den Stuhl gelehnt, nie die Ellbogen oder die Arme auf dem Tische. – Ist einer sehr müde von der Arbeit, so mag er sich nach Tisch eine bequemere Stellung suchen, aber nicht während des Essens.*

2. *Löffel, Gabel und Messer soll man nicht in voller Hand halten, sondern etwas zierlich anfassen und geschickt handhaben. Nie darf man Gabel oder Messer mit der Spitze nach oben halten; wenn man spricht oder im Essen eine Pause macht, hält man die Gabel nicht in der Hand, sondern legt sie auf den Teller.*

3. *Das Tischtuch darf nicht beschmutzt werden, indem man ein unreines Messer oder eine schmutzige Gabel darauf legt; man reinige dieselben entweder mit etwas Brot oder lege sie auf seinen Teller.*

4. *Kleine Knochen, Gräten, Obstkerne oder Schalen gehören nicht in den umgelegten Löffel, noch weniger auf das Tischtuch; man legt dieselben immer nur auf den Rand des Tellers oder in ein besonders hierfür hingestelltes Gefäß.*

5. *Beim Essen selbst nehme man den Mund nicht zu voll, nehme keine zu heißen Speisen, trinke nicht, solange man den Mund voll Speisen hat, mache beim Essen kein Geräusch mit der Zunge und den Lippen, öffne beim Kauen den Mund nicht zu weit, esse nie zu hastig oder zu gierig.*

6. *Die Speisen muß man so wenig als möglich mit den Fingern berühren, nichts aus der Hand essen, wozu die Gabel gebraucht werden kann, Pfeffer oder Salz nicht mit den Fingern, sondern mit der Messerspitze nehmen, das Fleisch auf dem Teller gehörig zerschneiden und Knochen nicht mit den Fingern zum Munde führen, wenn man das Fleisch mit dem Messer davon lösen kann.*

7. Man nehme nie eine ganze Kartoffel oder ein Stück Fleisch auf seine Gabel, um wiederholt davon abzubeißen, lasse nie Kerne von Pflaumen, Kirschen usw. aus dem Munde auf den Teller fallen oder fasse sie mit den Fingern, sondern bringe den Löffel oder die Gabel an den Mund und lege sie damit auf den Rand des Tellers.

8. Nie wische man seinen Teller mit dem Finger ab, auch nicht mit einer Brotrinde, die man mit den Fingern hält, gieße auch nie den Rest der Suppe aus seinem Teller in den Löffel, sondern nehme zum Ausleeren des Tellers ein Stückchen Brot auf die Gabel.

9. Äpfel und Birnen schäle man immer, aber nie ganz auf einmal, sondern schneide sie erst in Viertel und schäle dann jeden Teil.

10. Im allgemeinen sei man bei Tische bescheiden, suche sich nie die besten Stücke aus, sei aufmerksam, gefällig und zuvorkommend gegen alle Tischgenossen und vor allem mäßig.

Persönliche Notizen

Register